GUÍA DE LECTURA

Escrita por Elena Pinaud
Traducida por Laura Soler Pinson

La llamada de lo salvaje

de Jack London

JACK LONDON   1

Escritor estadounidense

LA LLAMADA DE LO SALVAJE   2

Una aventura humana

RESUMEN   3

ESTUDIO DE LOS PERSONAJES   8

Buck
Spitz
Dave y Sol-Leck
Perrault y François
Manuel
Hal, Charles y Mercedes
Jack Thornton

CLAVES DE LECTURA   13

El epígrafe
Humanidad y animalidad
El instinto
La metáfora del norte

PISTAS PARA LA REFLEXIÓN   17

Algunas preguntas para profundizar en su reflexión...

PARA IR MÁS ALLÁ   19

JACK LONDON

ESCRITOR ESTADOUNIDENSE

- **Nacido en 1876 en San Francisco (Estados Unidos)**
- **Fallecido en 1916 en Glen Ellen (Estados Unidos)**
- **Algunas de sus obras:**
  - *La llamada de lo salvaje* (1903), novela
  - *El lobo del mar* (1904), novela
  - *Colmillo blanco* (1906), novela

Aventurero y hombre comprometido, Jack London nace en San Francisco en 1876. Desde 1890, su pasión por el mar lo lleva a destinos lejanos (Japón, Inglaterra, el gran norte americano, Cuba), que inspiran la mayoría de sus novelas. Su carrera literaria despega realmente a partir de 1903 con *La llamada de lo salvaje*, con la que alcanza un éxito fulgurante.

En paralelo a su actividad literaria, Jack London también se compromete políticamente y se afilia al partido socialista. Trabaja después como corresponsal de guerra en 1904, en el frente ruso-japonés. Consumido por sus incesantes problemas financieros y por su abuso del alcohol, Jack London se apaga en 1816, con tan solo 40 años. Hoy en día, se le considera uno de los mejores escritores estadounidenses.

LA LLAMADA DE LO SALVAJE

UNA AVENTURA HUMANA

- **Género:** novela juvenil
- **Edición de referencia:** London, Jack. 2004. *La llamada de lo salvaje*. Traducido por M. I. Villarino. Madrid: El País
- **Primera edición:** 1903
- **Temáticas:** lobo, Norteamérica, lealtad, instinto, supervivencia

La llamada de lo salvaje (*The call of the Wild*, 1903) constituye la consagración literaria de Jack London. Se ha traducido a muchos idiomas y, a día de hoy, sigue teniendo el mismo éxito que cuando se publicó. Este libro celebra con un estilo poético y simple a la vez la lealtad, la grandeza y la imprevisibilidad de los perros, y la belleza de los lugares salvajes del norte. Pero, metafóricamente, también habla de una aventura humana impresionante.

En este texto, algunos críticos literarios también han visto en el perro el retrato del artista, y han observado alusiones al darwinismo en las acciones violentas que se cometen para la supremacía y para la supervivencia.

RESUMEN

LA VUELTA AL ATAVISMO

El perro Buck lleva viviendo cuatro años en la familia del juez Miller, en el sur de los Estados Unidos, cuando lo arrastran en contra de su voluntad a la aventura de la fiebre del oro, en el norte. Ha sido vendido a un comprador de perros, le pegan y, tras un viaje de 48 horas en tren en una jaula pequeña, sin agua y sin comida, por fin llega a Seattle. Allí, cae en manos de otro comprador de perros que le enseña cuál será su lugar entre los hombres de ahí en adelante con una ferocidad atroz. Buck entiende así que no puede enfrentarse a un hombre armado («Un hombre con un garrote era el que dictaba la ley [...] aunque no necesariamente se acepte», London 2004, 1). Aun así, guarda su actitud majestuosa.

Perrault, un emisario del gobierno canadiense, y su colega François compran a Buck. Cuando baja con ellos del barco, en el norte, Buck descubre la nieve, la ve por primera vez, y sus reacciones de sorpresa hacen reír a los dos hombres.

LA LEY DEL GARROTE Y EL COLMILLO

Buck aprende rápidamente que en el norte, la única ley que se impone es la del colmillo (entre los perros) y la del garrote (el arma de los hombres para domar a los perros). Se le presenta una nueva prueba: le ponen un arnés. Lo sitúan entre Dave y Sol-Leck, y Buck descubre la vida de perro de trineo en todos sus aspectos:

- hacer un agujero en la nieve para dormir sin perder el calor corporal;
- robar comida (acto justificado por esta «lucha por la existencia», London 2004, 2);
- soportar el dolor, arrancar el hielo pegado a las patas, hacer un agujero en el hielo para encontrar agua, utilizar mocasines de piel y correr con temperaturas que rozan los 50 grados bajo cero;
- desarrollar el sentido del olfato y del oído, y ver casos de rabia;
- la lucha por la supremacía en el grupo –Spitz, el jefe de filas, ve en Buck al adversario más temible.

Buck soporta bien el trabajo de tiro e intenta ayudar a los perros más débiles, pero odia a Spitz y quiere su puesto de jefe de filas. Una noche, va a cazar un conejo y se da cuenta de que Spitz lo sigue y lo observa. Para Buck, ésta es la oportunidad para el combate final. Tras una lucha sangrienta, Buck vence a Spitz y se alegra. Incluso permite que el resto de perros se coman el cadáver de su enemigo.

LA CONQUISTA DEL PODER

Buck piensa que merece totalmente el puesto de jefe de filas, y Perrault y François están obligados a aceptarlo. No se llevan ningún chasco, porque Buck sabe cómo hacer para que los perros trabajen y para encontrar siempre el camino correcto. Después, los perros trabajan para el servicio de correos y hacen trayectos más cortos y regulares. Buck sigue haciendo su trabajo de líder, a pesar de que las carreras son menos interesantes. Piensa con frecuencia en la familia del juez, en Spitz y en las luchas, pero no siente nostalgia, puesto que siente en su interior los instintos primitivos y los recuerdos de una vida en el frío.

EL DURO ESFUERZO DEL CAMINO

Cuando los perros vuelven a la ciudad de Skagway, están agotados por el esfuerzo prolongado. Están depresivos y han adelgazado. Dos hombres y una mujer que quieren partir hacia el norte en busca de oro los compran por un importe ridículo, pero rápidamente sale a flote su falta de experiencia: la comida y el esfuerzo están mal gestionados, los perros empiezan a morir tras recorrer una cuarta parte del camino y los hombres empiezan a discutir. Los viajeros llegan a la desembocadura de White River al principio de la primavera, cuando el hielo del río comienza a descongelarse, con tan solo cinco perros. John Thornton, un prospector que vive en la zona, les advierte de los peligros que conlleva atravesar el río. No lo escuchan y fuerzan a los perros a seguir adelante. Buck se resiste a seguir: presiente el peligro y, además, se encuentra demasiado débil. Se muestra indiferente con los golpes que recibe, pero Thornton no soporta este espectáculo violento y para al hombre. Desata el arnés de Buck y se lo lleva consigo. Juntos ven cómo se ahoga el resto, cuando el hielo cede ante su peso.

Skeet y Nig, los perros de Thornton, acogen gustosamente a Buck. El hombre y Buck entablan una sólida amistad. El amor de Buck por Thornton es exclusivo: se lo demuestra cuando lo salva de ahogarse, aun poniendo en riesgo su propia vida y cuando tira de 500 kilos para que gane una apuesta.

EL ECO DE LA LLAMADA

Con el importe ganado, Thonton, sus dos colaboradores y sus perros se van a buscar oro hacia el este de Canadá. Atraviesan regiones salvajes, todavía sin explorar, y acaban por encontrar una mina de oro. Se instalan allí y Buck, muy a gusto en esta región aislada, escucha de manera cada vez más fuerte una llamada que viene de lejos y que lo atrae hacia lo salvaje, y también siente el recuerdo de esta región y de un hombre «velludo» (London 2004, cap. 7) que lo atormenta.

Una noche, la llamada se materializa cuando Buck oye unos aullidos de un lobo. Buck se une a él. Comprende entonces que así es como responde a la llamada que escuchaba en su interior. Caza tan ágil como un lobo, pero solo para alimentarse, y no por diversión. Comprende también que es necesaria una prueba final: cazar un alce, el viejo macho de su manada. Esta hazaña psicológica y física le lleva cuatro días.

Cuando vuelve al campamento de Thornton, Buck descubre que un grupo de Pieles Rojas yeehat (tribu amerindia ficticia) acaba de asesinar a todos sus amigos, hombres y perros. Cegado por la furia, Buck se lanza sobre ellos y mata a una parte. El resto huye como si el mismísimo diablo los hubiese atacado. Buck está conmocionado por la muerte de su amigo, pero no puede evitar sentirse contento por haber vencido al hombre (representado por los indios), «la presa de mayor rango» (London 2004, cap. 7). Sabe que de aquí en adelante, jamás volverá a temerle.

A continuación, se le une la manada de lobos, que primero lo provoca atacándolo y midiendo sus fuerzas. Resiste a esta prueba y los lobos lo reconocen como jefe. Buck se va con ellos y al fin responde definitivamente a la llamada que escuchaba en su interior.

Los indígenas cuentan que los lobos de la región han cambiado desde entonces, que son más grandes y que ya no temen acercarse a las granjas para atacarlas, puesto que tienen como líder a un gran lobo, magnífico e imponente. Este mismo lobo sale del bosque de vez en cuando para aullar, lastimero, a orillas del río que se llevó el cadáver de Thornton, allí donde la naturaleza se ha tragado la cabaña y los sacos repletos de oro.

ESTUDIO DE LOS PERSONAJES

BUCK

Este perro es una mezcla de terranova y de collie que ha heredado de sus padres el tamaño, el porte, la belleza y «la inteligencia humana de su mirada»[1]. Es el rey de la propiedad donde crece, y todo el mundo lo quiere y lo respeta (se le considera «el monarca que regía sobre todo ser viviente», una «autoridad indiscutible»[2], un perro «regio», que «vigila», que merece un «respeto general», London 2004, cap. 1.

Así, ser vendido, golpeado y transformado en perro de trineo es para él un choque considerable, pero su superioridad moral y su fuerte carácter le enseñan a adaptarse y a sobrevivir:

- deja de reaccionar cuando ve que sus ladridos hacen reír a los hombres;
- sabe demostrar su fuerza cuando es necesario;
- aprende a robar y a dominar psicológicamente a los demás (perros y hombres).

A primera vista, podría parecer que Buck sufre un retroceso social y de rango: al principio era un rey y se convierte en un perro de tiro, maltratado y humillado. Pero su historia está lejos de acabar aquí, puesto que se une a los lobos y

---

1. Cita traducida por ResumenExpress.com
2. Cita traducida por ResumenExpress.com

se convierte en su líder. De monarca entre los humanos se vuelve a convertir en lo que era interiormente, gracias a su historia personal profunda: el monarca de la naturaleza fría y de sus semejantes, los lobos. Cae para volver a levantarse con más fuerza. Este es el trayecto de una iniciación en la que tiene que pasar por pruebas humillantes.

Su metamorfosis no es únicamente interior. También cambia físicamente, se convierte en un auténtico perro del norte: « Su evolución fue rápida. Sus músculos adquirieron la dureza del hierro y se hizo insensible a todas las penalidades comunes. Desarrolló una economía interna igual que la externa. [...] La vista y el olfato se le aguzaron notablemente, mientras su oído se volvía tan fino que [...] era capaz de percibir el más leve sonido [...]» (London 2004, cap. 2).

Es el homólogo de Thornton en el mundo animal, con un carácter algo humano. El escritor le otorga a Buck la función de ser la alegoría de una trayectoria humana completa, que incluye momentos álgidos, momentos bajos y momentos de reconciliación con uno mismo.

Por todas sus cualidades, se impone a los perros y a los lobos.

SPITZ

Spitz, el enemigo declarado de Buck, es un buen jefe de filas, fuerte, pero sin compasión. Su fuerza es únicamente física (sus colmillos). Representa al líder que no tiene escrúpulos ni alberga empatía hacia sus semejantes, de ahí la voracidad que muestran los otros perros cuando se abalanzan sobre su cadáver.

Al igual que los humanos, cuando siente que su posición de jefe está amenazada, está convencido de que debe eliminar al rival. Por supuesto, esta rivalidad se soluciona con la aplicación de la ley del más fuerte.

DAVE Y SOL-LECK

Estos dos perros se parecen por su espíritu solitario y por la devoción que demuestran ante el trabajo que deben hacer.

Dave representa un aspecto del carácter de los perros de tiro: este perro está realmente obsesionado con el hecho de tirar del trineo, como Sol-Leck. Cuando este enferma, no acepta que se le proteja y se le deje a un lado: hasta el final, quiere llevar a cabo el trabajo que le ha agotado.

Estos dos perros son como obreros o artesanos, o simplemente como sirvientes, cuyo pilar fundamental en la vida es el trabajo y que no conciben su existencia sin las actividades cotidianas o las órdenes recibidas.

PERRAULT Y FRANÇOIS

Tal y como ocurre con Dave y con Sol-Leck, Perrault y François están obnubilados por el trabajo y por el sentido del deber. Se preocupan mucho de sus compañeros de ruta, los perros, porque son la condición indispensable para que sus empresas resulten: distribuyen la comida por igual, confeccionan mocasines para las patas de los perros e intervienen cuando las disputas entre los animales se tornan demasiado violentas. Tienen sentido de la responsabilidad, pero también saben que la naturaleza soluciona por sí sola algunas cosas, puesto que dejan que Buck y Spitz pongan fin a su lucha por la supremacía del grupo.

MANUEL

El jardinero que ha vendido a Buck representa a la víctima de las debilidades humanas ordinarias: tiene muchas deudas a causa de su pasión por la lotería china. Tiene poca presencia en el texto, pero su papel es esencial, puesto que encierra una lección moral que nos hace pensar en las parábolas bíblicas: un alma pura y majestuosa como la de Buck puede verse en situaciones terribles por culpa de un pecador e ignorante.

HAL, CHARLES Y MERCEDES

Estos tres personajes, que mueren ahogados en las aguas frías del río, son exploradores ávidos, codiciosos y sin experiencia. Su expedición está abocada al fracaso, y esto es evidente para el resto de prospectores. London debió ver a gente así en sus aventuras en el norte.

A pesar de los pasajes en los que parece compadecerse de los perros, Mercedes le ofrece al autor la oportunidad para recalcar el carácter caprichoso de algunas mujeres.

JACK THORNTON

Representa al prospector que se adapta perfectamente al medio, que ama la grandeza del norte y su soledad, puesto que él mismo es un poco misántropo, pero está muy unido a sus perros. Su amor es correspondido. Él es lo único que retiene a Buck en la civilización, quizás porque el perro lo ve como su equivalente humano. Al igual que Buck, lo mueve el deseo de ser el primero y de mostrar su superioridad.

-12-

Thornton es también el doble literario de Jack London, el autor: sus caracteres son muy parecidos, y sus nombres tienen consonancias similares.

CLAVES DE LECTURA

EL EPÍGRAFE

«Nostalgias inmemoriales de nomadismo brotan

debilitando la esclavitud del hábito;

de su sueño invernal despierta otra vez,

feroz, la tensión salvaje».

Este epígrafe es un comentario y una aclaración del título y del texto, de los que viene a precisar y recalcar el significado. El epígrafe es, por lo tanto, un vector de sentido que invita a los lectores a leer el texto en una dirección determinada.

Este epígrafe resume así el trayecto de Buck: «la llamada de lo salvaje», el instinto que empieza a sentir por dentro con bastante rapidez cuando llega al norte acaba con las buenas maneras que había adquirido en casa del juez Miller. No podía ser de otra manera, puesto que el instinto marca del destino de cada uno, y basta con que se produzca un inci-dente para que se despierte: «Parecía que Buck había nacido para desempeñar un papel en la soledad helada de Alaska»[3], nos recalca London desde el inicio del relato, «la memoria hereditaria, que teñía de aparente familiaridad cosas nunca vistas antes» (London 2004, cap. 4).

---

3. Cita traducida por ResumenExpress.com

HUMANIDAD Y ANIMALIDAD

A través de un relato sobre la conciencia y la evolución de un perro, London cuenta una historia que podría encajar perfectamente con la de un hombre. De hecho, este es uno de los puntos fuertes del texto: es una alegoría del hombre. Contando las desventuras, las experiencias y las hazañas de un perro, una historia que puede ser totalmente verídica, el escritor escribe acerca de un hombre de manera indirecta, sin correr el riesgo de caer en la trampa de redactar una lección literaria sobre la ética.

Las analogías entre el hombre y el perro son numerosas, y la elección de este animal no se ha hecho al azar: el perro es uno de los primeros animales domesticados por el hombre, figura entre sus compañeros más antiguos. La complicidad que se establece entre los hombres y los perros en el norte de América es un aspecto que resulta familiar para London gracias a su pasado como prospector. Esto –y su infancia y su adolescencia, marcadas por el contacto difícil con los hombres– le enseñó que la naturaleza humana es cambiante, que tras las buenas maneras se encierra «un grito de la raza» y que los caracteres son muy diferentes.

Los perros de los que London nos habla nos presentan este tema de manera sutil: Buck es como el autor, una gran alma que sufre por la injusticia de algunos, influida por su instinto nómada, pero también es como Thornton, un prospector que mantiene su actitud majestuosa incluso en las condiciones implacables del norte.

Algunos perros representan las debilidades del hombre, que

London expone a la perfección con epítetos reveladores:

- Billie tiene un carácter «sumamente acomodaticio» (London 2004, cap. 2);
- Joe es «malhumorado e introspectivo» (*ib.*);
- Pike es un «hábil ladrón» (*ib.*);
- Dub es un «ladrón torpe» (*ib.*).

Otros tienen como función recalcar cualidades muy apreciadas por el autor: Skeet y Nig, los dos perros de Thornton, no tuvieron «celos [de Buck]. Parecían compartir la bondad y generosidad de John Thornton» (London 2004, cap. 6).

EL INSTINTO

El responsable (en parte) de la evolución de Buck, es decir, el instinto, evocado ya en el epígrafe, es más fuerte que la conciencia: tras múltiples esfuerzos, vuelve a la superficie y es incontrolable. El aullido del lobo que supone el final del relato determina el regreso definitivo de Buck al estado salvaje y su triunfo sobre los humanos y sobre las bestias. La victoria del instinto de lobo no es un camino fácil, puesto que Buck sufre un ritual iniciático:

- descubre la sangre y la caza;
- fraterniza con los lobos;
- mata a hombres, lo que confirma la victoria absoluta del instinto;
- se integra en un lugar a la vez terrible y muy íntimo;
- la muerte de Thornton, su equivalente civilizado y humano, marca el final de la iniciación.

Lo que le inspira la fuerza de conservación y el deseo de vivir es su instinto de lobo («la primitiva bestia dominante que ha descubierto la satisfacción en la destrucción de su presa», London 2004, cap. 3).

LA METÁFORA DEL NORTE

La elección del norte como marco del relato es, evidentemente, una oportunidad para celebrar la belleza de los lugares no explorados, salvajes, que han conservado sus características ancestrales.

Pero este espacio hiperbóreo es sobre todo una metáfora del instinto que duerme en cada uno de nosotros y de los recuerdos del pasado que escondemos dentro, como nos lo recuerda el epígrafe.

Es también una imagen para simbolizar la vida, con sus pruebas y sus luchas, que solo los más fuertes y los más adaptados, como Buck, pueden superar–aquí aflora el darwinismo, del que London era un adepto–.

El norte es en definitiva un sitio primordial, el lugar de los orígenes (aquí es donde Buck siente con una intensidad renovada «la llamada de lo salvaje», su instinto de lobo), con bosques gigantescos en los que uno se adentra para salir del tiempo y del espacio (los sueños de Buck sobre criaturas medio humanas).

PISTAS PARA LA REFLEXIÓN

ALGUNAS PREGUNTAS PARA PROFUNDIZAR EN SU REFLEXIÓN...

- Tras leer la obra, ¿qué puntos en común observa entre los hombres y los perros?
- ¿Por qué podríamos decir que el recorrido de Buck es una alegoría del de los hombres?
- ¿Qué representa el norte?
- ¿En qué se habría diferenciado el relato si se hubiese presentado según el punto de vista del hombre en vez de tomar el de Buck?
- ¿Cuál es la función y el significado del epígrafe de la novela?
- ¿Quién se impone siempre según London, el instinto o la conciencia? Explique el punto de vista del autor con respecto a esta idea. ¿Qué opinión le merece?
- Compare este libro con otro de Jack London, *Colmillo blanco*. ¿Cuáles son los puntos en común entre las dos obras? Partiendo de esta comparación, establezca una lista de temas predilectos del autor.
- El relato concluye con el aullido del lobo. ¿Cuál es el alcance simbólico de este final, en su opinión?

PARA IR MÁS ALLÁ

EDICIÓN DE REFERENCIA

- London, Jack. 2004. *La llamada de lo salvaje*. Traducido por M. I. Villarino. Madrid: El País.

ESTUDIOS DE REFERENCIA

- Genette, Gérard. 2002. *Seuils*. París: Seuil, colección *Points Essais*.
- Centre de Narratologie Appliquée. 1998. *"Le paratexte"*, *Narratologie*, n.°1. Niza: Université de Nice.
- Laffont Robert y Valentino Bompiani, ed. 1998. *Le nouveau dictionnaire des auteurs*. París: Robert Laffont, colección *Bouquins*.
- Laffont Robert y Valentino Bompiani, ed. 1994. *Le nouveau dictionnaire des œuvres*, París: Robert Laffont, colección *Bouquins*.
- Zipes, Jack. 2006. *The Oxford encyclopedia of Children's Literature*. Oxford: Oxford University Press.

EN RESUMENEXPRESS.COM

- Guía de lectura de *Colmillo blanco* de Jack London.

ResumenExpress.com

Muchas más guías para descubrir tu pasión por la literatura

www.resumenexpress.com

www.resumenexpress.com

ISBN ebook: 9782806279958

ISBN papel: 9782806282484

Depósito legal: D/2016/12603/258

Cubierta: © Primento

Libro realizado por Primento, el socio digital de los editores